So was ka bloß mir passiere

Johanna Hofbauer

So was ka bloß mir passiere

Franz Brack Verlag, Altusried

Umschlag und Illustrationen: Eberhard Neef

Texte: Johanna Hofbauer
Lindenstraße 2, 87647 Oberthingau
Telefon 0 83 77/12 13

ISBN 978-3-930323-31-9
3. Auflage 2009

Zugspitzstraße 2a, 87452 Altusried
Telefon 0 83 73/92 05-20
www.brack-verlag.de

INHALTSVERZEICHNIS

Mei Leaba

I komm it aus dr Groaßstadt raus,
alloi duss stoht mei Elternhaus.
A Säga hot mei Vatr ghet
mit Baumlager am Mühlbach det.

An kloina Stall, zwölf Kiah drzua,
im Haus sechs Kend und nia a Ruah.
Mei Kendheit war, wenn i zruckdenk,
so traumhaft schea – a Gottesgschenk! –

Was Bsonders bin i grad nia gwesa,
it grad so schea, doch o koi Besa!
War in dr Schual o ita schlecht,
doch wenn i 's ehrlich saga mecht,
war heilfroah, wia dia Schulzeit rom
und 's Studiera war mir zdomm.

Hau Kinderpflegerin no glearnat,
im Kindergarta 's Geld verdeanat.
Und ietz, wia siecht mei Leaba aus?
Hau selber ietz sechs Kend im Haus.

Elf, zwölf Maschina Wäsch all Wucha,
an Haufa Gschir duss in dr Kucha.
Mit Biegla komm i gar nem noch
und selten leg i d' Fiaß mol hoch.
Kocha, putza, Brotzeit richta
und zwischadur a bissla dichta.

Da ganza Tag an Disco-Sound
aus jedem Zimmer, wiascht und laut,
und ’s Telefon, des stoht nia still,
ganz selten, dass ma mi mol will.

Und Junga kommat Tag für Tag:
Mei Haus, des gleicht am Taubaschlag.
Da Kühlschrank raumat sa no leer,
i schleifs ja mea vom Aldi her.
Kärraweis – und des all Wucha –
füll i auf mea d' Speis und d' Kucha.

Da Garta no und Brennholz schichta
und zwischadur halt mea mol dichta.
A jeden Tag muascht rumkutschiera,
drbei duats o no recht pressiera.

Elternobat, Kieferorthopäd,
dia sends scha gwehnt: Do komm i z' spät.
Zahnarzttermin in Kempta dob,
Fuaßball, Korbball, Musikprob'
für Keyboard, Tuba und Trompete
und obats wär dann no a Fete.

Schual und Hausaufgab und Ärger gnua,
fünf Paar dreckada Fuaßballschuah!
Schimpfa, orna, Streit mea schlichta
und zwischadur halt mea mol dichta.
An zwei Täg no an Neabatschop,
denn 's Geld goht naus glei im Galopp.

So – weiters dua i sonscht nix mea,
dia reschtlich Zeit mach i 's mir schea.
Doch wia des isch, des weiß i it,
a reschtlicha Zeit – dia bleibt mer it! –

Dr Eckbank-Kauf

Beim Stuibar, neab am Untra-Wiat,
do hand sa d' Kucha renoviert.
Alls frisch gweißlat, d' Vorhäng nui,
beim Eirauma, do set zmol Sui:

„Du, Luggi, luaga doch mol hea,
dia Eckbank isch frei o nem schea!
Do sott mer mol a nuia hau,
dia alt duat scha zwanzg Johr do stauh."

Und Luggi moint: „Ja, do hosch recht,
a nuia Bank – des wär it schlecht.
Do luag i doch auf Kempta heit,
a nuia Eckbank, des wär gscheit!"

D' Seffa set no: „Losa her,
dia nui Bank isch doch gwieß recht schwer,
nemm doch da Ernscht oder da Sepp
zom Lupfa mit, sei doch koi Depp!
Hosch von da Buaba oin drbei,
no duasch dr doch viel leichtr glei!"

So lofft Luggi mit em Sepp, seim Bua,
dur Kempta dur in aller Ruah.
„Wo geit's denn so a Bank zom Kofa?",
set zmol dr Sepp so untram Loffa.
Dr Vatr set: „I weiß it gnau,
i will halt in an Banklada gauh."

Wir machen den Weg frei
zur gemütlichen VOLKSECKBANK
VOLKS
BANK

Dr Bua schreit: „Vatr, luaga hea,
do dinna muass a Eckbank gea!
Do dinna, in deam groaßa Bau,
denn do duat übram Eigang stauh:
‚Volksbank – wir machen den Weg frei‘,
Vatr komm, do gand mer nei!“

Dia zwei gand nei und luagat domm,
es standat gar koi Eckbänk rom.
Doch kommt a Herr, ganz elegant:
„Was wünschen Sie?“, frogt er charmant.

Dr Luggi set ganz voller Stolz:
„A nuia Eckbank, schea aus Holz.“
Dr noble Herr reißt ’s Maul glei auf
und macht drbei an diafa Schnauf,
er huaschtat zeascht und set sodann:
„Ist das Ihr Ernst, Sie guter Mann?“

„Noi, noi“, lacht do dr Luggi nett,
„desch it mei Ernscht, des isch mei Sepp!
Dea hot bloß weags deam kalta Wind
vom Ernscht sei Kappa auf em Grind.“

Frühjohrsputz

I bin a Hausfrau, wia sichs ghert,
auf Ordnung leg i scha an Wert.
Jeda Wucha wiad mol putzt,
obwohls ja sowieso nix nutzt.

Und jedes Johr zur Frühlingszeit,
do isch bei mir no mea soweit.
Do muass dr Dreck vom Wintr naus,
do wuahla i durs ganza Haus.

In aller Friah, do fang i a,
als Earschtes nem i d' Stuba dra.
Terrassadier auf, naus dia Blacha
und hinterhea dia andra Sacha:
Sofa, Sessl, Schauklstuahl,
Bilder, Gschtecker, Schtuba-Uhr.
Alles naus, was zom verlupfa
und was hiart no vieraschupfa.

I denk, ietz kommat d' Vorhäng ra,
zom Wäscha glei in Kellar na.
Doch sott i do a Leitr hau,
dia miesst in dr Garasch duss stauh.

Natürlich isch sa mea mol weck,
bei eis stoht nix am rechta Fleck!
A halba Stund a Suacharei,
no denk i mir: Des lass i sei.

An Schtuahl, an umdrähta Kiebl drauf,
so grattl i zua da Vorhäng nauf.
A bissla wacklig deichts mi zwar,
doch denk i mir: I komm scha klar.

Dr Kieblboda nicht stabil,
deam wiad mei Gwicht auf oimol z' viel.
Er kracht, i steck mit oim Fuaß denn,
und 's Gleichgwicht, des verheb i nem.

Pack da Vorhang, suach an Halt,
doch mi hauts mit aller Gwalt
stockvoll ruckwerts aufs Parkett
und flacka auf em Boda det.

Hau da Vorhang in da Händ
und d' Häkla all verrissa send;
stauba duats und meina Knocha,
hoffentlich hau i nix brocha.

Mei Fuaß duat no im Kiebl stecka
und weah duat a glei zom Verrecka.
I ziach am Kiebl – 's hot koin Zweck,
i bring an it vom Haxa weck!
Es leitat dussa an dr Dier,
wia breschthaft hompla i do vier.

Do stoht oir duss von UPS
mit am Paket Versandhaushäs.
Ja, des trifft sich ietz doch ganz guat,
weil dea mir gwiess an Gfalla duat.

I sag zu eahm: „Herr Upsmann, gell,
Sie helfen mir doch sicher schnell
und ziehen mir an meinem Kiebl,
ich steck da drinn, grad wia a Diebl.“

Er luagat mi entgeischtrat a
und i streck eahm da Haxa na.
An Blick zom Kiebl, dann zu mir,
i heb mi ei glei an dr Dier.

Er ziacht am Kiebl – ’s duat an Ruck –
und eahn hauts mit em Kiebl zruck.
Er hockat auf em Boda det,
da Kiebl in da Händ no ghet.

Er jammert nochat fichtig laut,
es häb eahn voll aufs Steißboi ghaut.
Mei, do ka i o it drfier!
Und nochat nix wia zua dia Dier,
denn Nochbaurs Peppi gaffat hea,
i hau sa hintram Fenschtr gseah.

Und ietza fang i ’s Putza a,
als Earschtes sind die Fenschtr dra.
A halba Stund und no dea Glanz,
bei mir, do hot des halt an Schlanz.

Beim Lampaputza siech i ’s mea:
Beir Holzdecka, des isch nem schea,
do isch a Deckabrettla luck,
des hängt scha länger ra a Schtuck.

Wia oft hau's i em Ma scha gschaffat,
doch hot a bloß in d' Hächa gaffat
und gset: Es deich eahn kompliziert,
des ghert scha erscht mol durstudiert;
er wiad amol an Plan erstella
und mir 's Ergebnis no verzella.

Do wart i ietz nem länger drauf,
des Brettla nagl i selber nauf.
In Kellar na an d' Handwerkskischta,
dia sott ma o amol mea mischta.

Koin Hamar find i und koin Nagl,
des Glump flackt o it duss im Stadl.
In dr Garasch hau i no Glück,
do flackat Nägl, grad drei Stück.

Sie deichat mi zwar arg kompakt,
doch wenn nix Bessers hinna flackt!
Es send gwiess zwanzgar Rafa-Nägl,
do brauch i zletscht ja no an Schlegl.

Ja, Herrschaft, isch dea Schlegl schwer,
i wär deam Kerla gar it her!
I nem da Beichl, des isch gscheitr,
– ietz bricht i halt scha mea dia Leitr. –

Wo hand sa bloß dia Leitr ghet?
Do siech sa an dr Hauswand det.
Ja, do luag hea, des isch ja nett,
wia wenn do oiner gfenschterlat hätt!

Bei mir war koir – des hätt i gseah –,
doch meina Fehla – ietz wiads schea –,
dia land doch wohl koi Mannsbild rei,
und nochat no durs Fenschtr glei!

Wenns Nochbaurs Peppi siecht – dia wäech –,
no send mer doch glei 's Dorfgeschpräch!
I nemm dia Leitr schnell ins Haus,
der Peppi kommt doch gar nix aus.

Und ietza kommt des Brettla dra,
des nagla i doch ruck-zuck a,
steig d' Leiter nauf, da Nagl gnomma,
arg groaß isch a mer scha vorkomma.
Wenn dea dur dia ganz Decka goht,
zletscht in dr Kammar no rausstoht,
no miesst man oba halt umbiaga,
des wär i scha in d' Reiha kriaga.

Nagl, Beichl und no des Brett,
wia heb i des? – Isch des a Gfrett!
A dritta Hand sott i do hau,
no dät des frei scha besser gauh!
's Brett weidla naufdruckt mit em Grind
und ietza hammra, aber gschwind.

Dea odrum Nagl goht it nei,
mei rechta Hand verlahmat glei.
I nem ietz no aweng mehr Schwung
und nochat, Herrschaft isch des domm,
hau i mir stockvoll auf da Dauma,
mei, des duat weah, i dua glei schauma!

Wirf Nagl und o Beichl weck,
beim Grindromdreha, oh du Schreck,
do schnellt des Deckabrettla ra
und feaht mer über d' Goscha na!

's Gsicht verscherrat, dr Dauma blau,
so dua i auf dr Leitr stauh.
Voller Schmerza krümm i mi
und bevor i 's recht versieh,
klappt dia hura Leitr zam
und i hanga im Geschtang!

I denk bei mir: An Notarzt hea,
denn mir duat alles furchtbar weah.
Oder glei – komm nem in d' Hächa –
da Pfarrar Weber zom Versächa!

Auf oimol hör i 's dussa plätschra,
wea duat do mit em Wasser lätschra?
Oh nein – des isch a Reagaguss –
und i hau da halba Hausstand duss!

Zom Sterba reicht mer d' Zeit ietz nemma,
mei, hätt i bloß des Zuig scha henna!
I bloga mi mit letschtr Kraft
und hau's no irgendwia o gschafft.

Doch alls bätschnass und d' Uhr beim Deifl
und 's scheana Ölbild von dr Eifl
isch zu moderner Kunscht verloffa
und d' Gschtecker, dia send o versoffa.

D’ Sessl nass und Stüahl und Disch
und sell bin i grad o nem frisch.
Bis auf d’ Unterhosa glei seichnass,
mei Liabr, do vergoht dr Spass!

Dr Dauma gschwolla, ’s Hira blau,
a odrum Schramma dua i hau.
’s ganza Gschtell duat mir o weah
und zletscht – wia siecht dia Stuba hea! –

Nix wia Ärger und Verdruss,
ietz leitats an dr Hausdier duss.
Total verscherrat und vermatscht
bin i no zur Hausdier glatscht.

Do lachat mi no freindlich a
a ganz a hübscha junga Ma,
mit blauem Anzug und Krawättla,
mit Brilla und am Schnurrbärtla.

„Einen guten Tag die Dame,
Stadtmüller, so ist mein Name.
Die Firma ‚Vorwerk‘ ist bereit
und hilft der Hausfrau jederzeit!“

A Staubsaugarvertretar! Mi hosch ghaut,
ja deana ghert doch d’ Gosch verhaut!
Dea passt mer noatig heit no nei:
„Du Saugarbürschla, komm no rei!

Do pack na glei dein Saugar aus
und sauga mer dia Stuba naus.“
Hau des Saugarmännla glei heazoga
und nau beir Stubadier neigschoba.

„So, do hosch Arbat, mehr wia gnua,
und i will ietz aweng mei Ruah.
I flack in d’ Wanna, nemm a Bad,
wenn d‘ fetig bisch, no sesch mers grad.
Und dua mer vorhea it verdloffa,
i kennt amend an Saugar kofa!“

Geburtstagsüberraschung

Moosars Resi – bekannt und nett –
dia hot huier da 50gar ghet.
D' Resi, dia ghert zom Turnverei
und do duats scha länger so sei,
dass ma ganz hoila in dr Nacht
a Geburtstagsüberraschung macht.

Ma henkt do a paar Tafla auf
und schreibt an rechta Blödsinn nauf.
Und Luftballons ums ganza Haus,
des sieht no richtig luschtig aus.

Für Resis Fescht, do komm mer dann
am Obat vor um achta zamm.
Beir Elisabeth – do isch Platz gnua –
hamr für d' Arbat o a Ruah.

A groaß Leintuach breita mer auf,
do spritz i no a Sprichla nauf.
Mit ar Sprühfarb aus dr Dosa,
d' Hälfta spritzts mer scha auf d' Hosa.

Dea Spruch isch kähl, dea passt zur Res,
sie sei a alta „Schnätterbäs" –
und klapprig sei o ihr Geschtell,
im Kopf o gar nemma so hell.

D’ Elisabeth, dia bringt an Wei,
mir send zu viert, dean leer mer glei.
Dia zweit Fläscha – o koi Problem –,
es schafft sich do ganz angenehm.

Dori blost auf dia Luftballo,
hot scha an rota Grind drvo.
Vom Blosa oder gar vom Wei?
Sie set, dass ihr scha damisch sei.

No hamer no an Spruch beinand,
dass kriat a jeder Gratulant
an Schnaps ver Resi voana duss,
oder wahlweise o an Kuss.

D’ Annelies set, des wiasch scha seah,
dia Resi ärgrat sich do grea.
An Kuss will doch koi Mensch von der,
dia Schnapsfläscha, dia isch bald leer.

Mir hättat ietz no alls beinand
was na soll bei dr Res an d’ Wand.
Doch kennat mir do erscht afanga,
wenn Selbige ins Bett isch ganga.

Dia derf nix merka und nix hera,
es soll a Überraschung wära.
Drum trink mer gmiatla no mitnand
a Fläscha Wei bevor mer gand.

Zum 50zigsten
für die alte
Schnatterbäs

Und no gohts los, ’s isch scha zwölf Uhr,
Reißnägl, Leitr und a Schnur;
Taschalampa und da Tacker,
des packat mir ietz ganz wacker.

A Kittrarei – des ghert drzua –,
d’ Elisabeth zischt: „Gend a Ruah!
Do wiad doch ’s ganza Dorf no wach,
ja, merkat dir denn it dean Krach!“
Jedoch noch soviel Gläsla Wei,
do schätzt ma des ganz anderscht ei.

I bin o zemla guat beinand,
loin d’ Leitr no an d’ Stadlwand.
No steig i nauf und flüstra ra:
„Dia Leitr fangt zom schwanka a.“
Doch schwanka – sagat sa – däb i,
dia moinat, dass i bsoffa bi.

Des Leintuach muass ietz do an d’ Wand,
des heb i mit dr linka Hand.
Mit rechts, do tackri mit em Tackar,
und jedes Mol duat des an Schnackar.

„Mei, duat des laut“, schreit d’ Annelies,
„do wachat alles auf, ganz gwiess!“
Und Dori – damisch wia sa isch –
hängt d’ Luftballon an d’ Rosabisch.
Dia Rosadora stechat ei,
es geit a lauta Knallarei.

D’ Elisabeth moint: „’s macht nix aus,
denn d’ Resi schloft noch Süden naus.
Do wiad dia doch ganz gwiess it wach,
wenn henda isch a bissla Krach.“

Vergessa hamer do total,
dia Oma – und des war fatal! –
Was duat a Oma, wenns ihr deicht,
a Eibrechar ums Haus romschleicht?
Natürlich ruft sa d’ Polizei,
natürlich – kommat dia o glei! –

Dr Spruch vom Schnaps kommt ietz an d’ Wand,
hau no da Tackar in dr Hand.
Do hera mer, gar it weit weck,
a Martinshorn, isch des a Schreck!

Und d’ Annelies, dia moint no glei:
„Wiad mea a Unfall gwesa sei.
Dia arma Leit, i kenns zwar it,
doch leidascht automatisch mit!“

Dea Unfall isch scheints in dr Nächa,
ma ka sogar scha ’s Blauliacht sächa.
Und zmol stoht do ver Polizei
a greana Streifawaga glei.

Dia fahrat mir glei schier in d’ Leitr,
i schrei ietz: „Bloß koin Metr weitr!“
Und zwei Männer, uniformiert,
wend wissa, was do grad passiert.

Dr Dori wiads glei angst und bang,
sie set: „Mir kearat gar it zam.
Mir hand eis grad zufällig gseacha."
No streckt sa d' Händ glei no in d' Hächa.

Dia Dori kennt sich aus, speziell
in kriminalistischa Fäll.
Ob „Tatort" ob „Derrick" – no so verreckt –,
in Kriminologie isch sa perfekt.

D' Annelies hot verlega glacht,
mir häbat an Spaziergang gmacht.
D' Elisabeth set halt: „Ja mei,
weils denna gar so stickig sei."

Oi Polizischt von deana zwei,
es war dr scheaner – einwandfrei –,
dea zeigt zu mir und auf mei Gsicht:
„Und was hosch du no für a Gschicht?
Bisch a Wettrfrosch auf dr Leiter
oder gar a Stearadeiter?"
„Noi, noi", isch mir no schnell was komma,
„i bin ver Fenschterputzkolonna!"

„So, so", ergreift dr Wiascht no 's Wort:
„Dann sind Sie wohl am falschen Ort.
Ich seh kein Fenster an der Wand,
obwohl ich klar bin bei Verstand."

A Preiß, und dea redt vom Verstand,
wo dia doch sowieso koin hand.
Doch sag ietz i des liabr it,
dea nemmt mi no ins Gfängnis mit!

Dori – mit ihrer Diplomatie
und Sinn für Kriminologie –
ergreift no ’s Wort und legt no klar,
dass des doch gar koi Eibruch war.

Ietz dappat alla Moosar a:
Resi, Oma und o dr Ma;
es lot sich nochat alls erklära,
doch d’ Oma, dia isch bloß am Blära.

D’ Resi bringt no an Schnaps drhea,
do set dr Polizischt – dr schea –
ear sei im Dienscht: „Kein Alkohol!“
I sag ihm dann, no kriat er wohl
an Kuss ver Resi auf da Mund,
do drauf dond sie mir nochat kund
ver Polizei no alla beida,
oi Schnäpsla wurs amend doch leida.

A Verwechslung

Schreinars Mina vo Kraftisried,
bua, der isch letschte was passiert.
Auf Oberdorf, do muass sa nom
am Dienstag, mei, wia war des domm!

Zom Doktr Schiffer um halb viera,
ihr Tochtr Gerti duat sa fiehra;
’s hot grengat und war windig kalt,
es wär a Kanapä-Tag halt.

Dia Gerti feht an d’ Praxis glei
und set: „I gang frei it mit nei,
i dua im Auto hockableiba,
mit Leasa mir do Zeit vertreiba.“

A halba Stund isch d’ Mina aus,
no kommt sa aus em Doktorhaus.
Sie schreit bloß schnell ins Auto nei:
„I muass in d’ Apothek no glei.

Du brauchsch it fahra, bleib do stauh,
des kurza Stückla ka i gauh!“
Ihr Regadächla spannt sa auf
und los gohts no in schnellem Lauf.

Sie kommt mea zruck – isch it guat drauf –
und reißt Beifahrardier glei auf,
steigt ei, doch beigt sich no weit naus
und schittlat ’s Reagadächla aus.

Drbei goschat sa vor sich na:
„Was isch dea Doktr für a Ma!
Dia Medizin, dia dea verschreibt,
ja dass dia überhaupts it geit.“
Und no dia Apothekars Frau,
dia däb ja o koi Ahnung hau!

Haut d’ Autodier zua mit viel Krach
und auf da Boda ’s Reagadach;
schreit: „Lauter Blöda um mi rom,
no dräht sa sich zur Gerti nom.

Und nochat wiad sa starr vor Schreck:
Ihr Tochter, mein Gott, dia isch weck.
Do hockt ja glatt a fremda Ma,
dea luagat ganz entsetzt sie a.
Was duat dea do, wia kommt dea rei,
des wiad doch it a Luschtmolch sei!

Sie dreht sich rom zur Autodier
und plötzlich kommts ihr grad so fier:
In deam Auto glei neaba dra,
ma sieht vor Reaga fascht it na,
hockt it do hintram Lenkrad dinn
mei Gerti, kommts ihr in da Sinn.
Pfeilgrad, was duat ietz dia do deana,
warum hockat dia denn it do heana?

Dea Luschtmolch fangt zmol 's Schwätza a:
Ob er ihr ebbas helfa ka.
Do hots dia Mina endlich tscheckt,
mei Liabr, des isch frei verreckt!

Sie muass do was verwechslat hau,
im falscha Auto hockt dia Frau.
Reißt dia Dier auf und sprengt glei nom
und d' Gerti, dia frogat no recht domm:
Wea denn dea Ma do deana sei,
deam sie verzellt a Litanei.

„Ach weisch, dea Ma do neabadet,
dea hot koi Reagadach it ghet;
dua a guats Werk – so hau mer denkt –
und hau eahm drum des meina gschenkt.

Doch ietza Fehl, fahr weidla zua,
it dass a kommt, des wär grad gnua
und sich do no bedanka mächt,
ietzt fahr bloß zua, mir wiads glei schlecht!"

Dia nui Pfanna

Mir isch do letschte was passiert,
do hätt i schier da Vogl kriat.
Mei Freundin – hausfraulich begabt –,
dia allat weiß, was grad gefragt,
hot sich a Pfanna schicka lau,
und weil i o a Glump bloß hau,
für mi a zweita glei no mit,
zahlt hau sa übrigens no it.

Dia Freundin bringt dia Pfanna hea,
i denk mer no, dia isch doch schea.
Jedoch, wia kennts scha anderscht sei,
es isch a Hoka mea drbei.
Bei mir kasch doch scha druf wata,
i ziach allat d' Arschlochkata.

Dia schea Gusspfanna – Marke „Kund" –
isch verscherrat am Boda dund.
Titan-Hartgrundversiegelung,
kaputt, verscherrat, um und num.
Und zudeam isch dia Pfanna z' klei,
sie dürft a bissla greaßer sei.

Mei Freundin moint: „Dia schicksch mea zruck,
des goht doch alles rucki-zuck.
Und 's Porto zahla miassat dia,
des losch dr frei it gfalla, nia!"

Falls a greaßra willsch, zahlsch drauf,
des rechnasch mit em Porto auf.
Do legsch dann no an Briaf mit nei
und erklärsch, wia des so sei."

Doch des isch leichter gset wia dau,
weil i 's mit so was gar it hau!
An Gschäftsbrief schreiba, oh du Graus,
do komm i halba obanaus.

I fang earscht auf am Schmierblatt a,
weil ma do mea streicha ka.
„Sehr geehrte Gusspfannenfabrik!"
Herrschaft, hau i des Schreiba dick!

Oder – „Sehr geehrte Firma Kund,
die Kasserollpfanne ist ein Schund!
Dia isch kaputt, des goht frei it,
da Deckl schick i o mea mit.“
Und a greaßra sott i doch hau,
wia heißt ietz des im Hochdeutsch gau?

„Die Pfanne hab nicht ich bestellt,
meine Freundin kriegt noch das Geld.“
Und wia soll i des erklära,
sollt dia oi Pfanna deirar wära,
zahl i dena it alls drauf,
des rechn i mit em Porto auf.

Globsch, dia Schreibarei hau i dick,
für so was hau i halt koi Gschick.
Ietz fang i mea von vorna a:
„Sehr geehrter Herr Pfannen-Ma!

Die Guss-Kasserrollpfanne hier,
Bestellnummer eins-sieben-vier,
hat einen Kretzer unten dran,
womit man dann nicht kochen kann.
Das Porto zahlen aber Sie,
denn Ihr Scheiß-Glump war scha maushie!“

Oh Gott, so ka ma doch it schreiba,
mir duats ietz langsam frei verdleida.
Weags ar Pfanna so a Gschiess,
bua, oins, des weiß i frei ganz gwiess!
Solls mea amol a Pfanna sei,
fahr i zom „Stöhr“ auf Beira nei!

Doch hilft mir des ietz leider nix,
a Brief muass hea, und des ganz fix.
„Sehr geehrte Damen und Herrn,
eine neue Pfanne hätt ich gern,
weil Ihre alte ist defekt!“
I moi, des set ma für verreckt.
Des wiad nix, wia i ’s dreh und wend,
mit meina Nerva fascht am End.
I ka dia Pfanna scha nem seacha,
do fällt des Glump mir no auf Zeacha.

Bua, des duat weah, i kriag an Zora,
mei Brief, dea isch ietz schärfer wora.
Ietz bin i aber nem so nett,
von wegen Herr und sehr geehrt!

Sie windigs Pfannabürschla – Sie –,
dieses Scheißglump fuxet mi!
Es fiel mir auf den Zechen nieder,
darum bin ich furchtbar zwider.
Der Zechen ist nun schon ganz blau,
die Pfanne können Sie mea hau!

No merk i ’s sell, so gohts o it,
verreiß da Brief glei in dr Mitt.
Na – des isch it dia richtig Sproch,
mei Zora, dea lot o scha noch.

Do fällts mer ei – ja huramant –,
mei Ma, dea schafft im Landratsamt.
Büroarbeit, des isch sei Tschopp,
dea schreibt dean Briaf doch im Galopp.

I ruf schnell a am Apparat,
doch schlecht gelaunt verdwisch eahn grad:
„Weags so am Schmarra ruafscht du a,
ja, dass ma sich bloß traua ka!

Moinsch du denn gar i schlof do henn?
I haus zur Zeit grad sell so streng.
Weags so am Briaf – i muass glei lacha –
a so a moats Theater macha!

Ja, schreib halt oifach in Brief nei,
dass dia nui Pfanna schadhaft sei.
Berufsch di halt – stellsch a Gesuch –
auf rechtlichen Garantieanspruch.
Des mit deam Porto schreibsch drzua,
des konnt ja scha mei Lehrlingsbua!“

Dea Schlaumeier, dea regt mi auf,
i knall ietz glei da Hörar nauf.
Mit deam Scheißbrief – des lass i sei –,
do fällt mir grad was Bessers ei.

Moderne Telekommunikation,
guat deitsch, i nemm ietz ’s Telefon.
Ruaf in der Pfanna-Firma a
und komm glei an da rechta Ma.

Deam Pfannafutzi mach i klar,
was mit der Hura-Pfanna war.
Im Schreiba bin i zwar it versiert,
aber mei Goscha – dia goht wia gschmiert. –

Mei Liabr, i war voll in Fahrt,
mit „Kosenama“ o it gspart;
und hau no denkt, erledigt isch,
des Pfannathema isch vom Tisch.

Do set doch glatt des Pfannamännla,
mei Gschwätz, des däb doch gar nix brenga.
Denn mündlich däb do gar nix gauh,
er muass des frei scha schriftlich hau.

So a unverschämter Sapperment,
ja, dass i di glei würga kennt!
Du willsch mi bloga mit am Briaf,
mei Liabr, do liegsch aber schiaf.
Ganz knapp und kuz a Telegramm,
des bring i ietz doch grad no zamm:

Pfanne hie – stop – ich blutnarret,
Pfanne retur – stop – weil verscharret.
Komme sonst sell – stop – Drama in Moll,
verhau Ihre Gosch – stop – Hochachtungsvoll!

Z' spät gfunda

Im Himml dob, im weißa Gwand,
do send zwei Allgäuar beinand.
Dia dond auf oiner Wolka hocka
und mitanander grad frohlocka.

Do frogt dr oi da andra glei,
woran denn er no gstorba sei.
Dr andr, er hot gheißa Sepp,
dea set: „Mei Tod, dea war it nett.
I bin ganz jämmerlich erfrora!
Durch was bisch du a Engl wora?"

A Herzinfarkt, so set dr Fritz,
dea hot mi umbrocht – ohna Witz. –
Beim Schaffa war i im Büro,
do moint mei Freind ganz schadafroh,
dass es bei mir dohoim mei Weib
grad mit am andra Kerla treib.

I hoim no glei im Dauerlauf,
beir Hausdier nei, in d' Kammar nauf.
Luag unter 's Bett und in da Schrank,
mea ra in d' Kucha, untra Bank.

I find an it, wo isch dea Hund?
Er isch o it im Kellar dund!
D' Stieg mea nauf, i such im Bad,
do gschpier i zmol am Herz an Schlag:
Herzinfarkt – und no wars aus –,
i flack als Toter in meim Haus!

„Du dommer Siach!“, schreit do dr Sepp,
„mei bisch doch du a bleder Depp!
Hättscht halt im Kellar dund, du Molla,
in d' Gfriertrucha neiluaga solla!
No dät mer leaba no all beid
und o dei Weib hätt no a Freid!”

’s Fuaßballspiel

Mit em Sport, do hau i ’s grad it so,
denn viel Bewegung schadat o.
I halt mi mehr durs Reda fit,
denn Gsichtsmuschkla, dia gand ja mit.
Do ziachts vom Gsicht dia Falta naus,
ma sieht no glei mea jünger aus.

Doch meina Buaba – alla drei –,
dia spielat Fuaßball im Verei.
Seitdeam bin i recht interessiert,
was auf em Fuaßballplatz passiert.

Und bin bei jedem Spiel drbei
vom Oberthingar Sportverei.
D-Jugend isch mit Spiela dra,
do gang i mit meim Karli na.

Mei Bua, des isch dr Bescht am Ball,
des isch ja wohl a klarer Fall.
Dea Bua, des isch mei ganza Stolz,
dea Bua, dea isch aus meinem Holz!

Gegs Oberdorf, do spiel mer heit,
dia mach mer nieder, desch a Freid!
Dr Startpfiff – und des Spiel fangt a –,
mei Karli isch als Earschta dra.

Er nemmt da Ball und springt schnell vor
und isch scha bald ganz det am Tor.
Ietz kommt ver Seita oir drhea,
mei Karli hot da Ball nemm mea.
Herrschaftszeiten, des stinkt mer glei,
denn so ebbas, des miesst it sei!

Dia Oberdorfar send am Ball,
des isch jedoch it lang dr Fall,
denn von da Eisra hots oir gschafft,
er haut da Ball mit aller Kraft
zom Karli und dr Bua gibt Gas
und flackt da langa Weag im Gras.

„Faul, Faul!“, schrei i zom Schiri nomm,
dr Sell, dea luagat bloß recht domm;
und duat, wia wenn do gar nix sei,
was moint denn dea, für was i schrei!

Dr Mei isch ietza mea am Zug
und schiaßt da Ball in weitem Flug,
doch leider glei am Tor vorbei:
„He Karli, muass denn des ietz sei?
Kasch ietz du it besser ziela,
so duat ma doch it Fuaßballspiela!“

Do dreht a sich glei um, mei Bua:
„Ietz Muattr, gib doch du a Ruah!
Wenns dir it passt, no spiel doch sell,
des wär a netts Bild, bei deim Gschtell!“

„Ja, sag amol, du Sapperlott!"
Von weam a bloß dia Goscha hot?
Bei eis isch so was it im Gschlecht,
bua, do send alla brav und recht!

Des Spiel goht weiter, mir send dra,
oi Spielar kommt ans Tor grad na.
Do pfeift dr Schiri – des sei Hand –,
dea Ma, dea hot doch koin Verstand!

Bua, ietz verheb i 's aber nemm,
obwohl i sonscht a Stilla bin.
I reahra, was i reahra ka,
ins Spielfeld nei zom schwaza Ma:
„Do war koi Hand am Ball, ja nia,
i hau's doch gseah, des war bloß 's Knia.
Koi Ahnung von dr Anatomie,
du warsch wohl krank in Biologie!"

Do dreht sich doch des Männla om
und dappat schnurstracks zu mir rom.
I soll mi gfälligscht zematreißa,
sonscht muass a mi vom Platz verweisa.

Do stellts mi glei – i glob, i spinn –,
dea weiß wohl ita, wer i bin!
I kennt ja deam sei Muattr sei,
was bildat sich des Zwergla ei.
Und so was soll a Schiri sei?
Oh mei, oh mei, do lach i glei!

Des Spiel goht weiter – zmol recht domm –,
do fliagt a Oberdorfar om.
No reahrat doch pfeilgrad a Weib
von deana romm – aber scha gscheit. –
Mei Karli häb ihr Bübla gschmissa,
ja, hot doch dia glei 's Maul aufgrissa!

Do muasch dr doch ans Hira greifa,
weags so am Spiel sich so ereifra.
Dea bissla Remplar von meim Bua,
wenn a des it aushält, gang mer zua!
Ja, mancha Weiber send scha bled,
des hau i doch scha allat gset.

Auf oimal schreiat alla: „Tor!"
Dia Eisra jublat glei im Chor.
A Tor – und i hau's it mitkriat –,
des isch bloß weags deam Weib passiert!

Ja, isch doch des vielleicht a Zora,
bua, ietz be i glei narrat woara.
Und wer hots gschossa? Gwiess mei Bua,
und i siech it amol drzua!"

Was hör i do, es war dr Max.
Was, it dr Mei, sondern dea Fratz!
No muass as, des weiß jeder glei,
a Zuafallstreffar gwesa sei!

Des Spiel neigt sich am Ende zua,
wenn schiaßt a ietz a Tor, mei Bua?
Zmol siech i nemma gscheit aufs Feld,
weil sich a Mannsbild vor mi stellt.

Was bildat sich dea Typ denn ei,
drenglat do oifach zwischa nei!
Und sieht no it amol guat aus,
hängt d' Wampa aus dr Hosa raus.

Bua, dean hau i glei was gheißa,
no wollt a o no 's Maul aufreißa.
Doch hot a do da Kürzra zoga,
des derfat dr mir frei scha globa.

Kaum hau i mea aufs Spielfeld gseacha,
do kommt dr Ball aus weitr Hächa
pfeilgrad auf mi zua – und mit Knall –,
mitta im Grind hau i da Ball.

D' Brilla fliagt im hocha Boga,
an Knüpfl glei über da Oga.
D' Steara siech i, mir wiads glei flau,
suach an Halt, ka schier nemm stauh.

Dapp rückwärts und hock mi ins Gras,
mei Liabr, des isch frei koi Spaß!
Und durch an Neblschleier leis',
da hör i schreia „Tor", für eis.

Es war mei Karli, kriag i mit,
mei Karli – und i siech des it! –
Ja, Herrschaftzeiten, so a Mischt,
dass des ausgrechnat mi verdwischt.
Wär dea Gwampat standa blieba,
hätts deam da Ball ins Gsicht neidrieba.

Natürlich hau i mi beschwert,
i bin im Recht, des hot sich ghert.
Und war no grad so voll in Fahrt,
mit Fachausdrück hau i it gspart.

No kommt zmol mea dea Schiri dappat
und wär glei schier übergschnappat.
Er schreit, i soll sofort verschwinda,
sonscht muass a mir no 's Maul zuabinda.
Er däb escht weiterspiela lau,
wenn i sei hintram Lattazau!
Und da i ruhig bin von Natur,
zurückhaltend und o it stur,
gib i halt noch und dua halt gauh
und spitzla dur da Lattazau.

D' Leit, dia luagat zu mir hea,
als hättat sa mi no nia gseah.
No schreit dea Gwampat zua mir raus:
„Wia a Aff im Zoo, so luagasch aus!“

Informationsmangel

Dr Max, dr Bua vom Bauer Mang,
glei neabs em Bäck von Ketterschwang,
dea hot da letschta Schultag heit,
auf d' Ferien scha a groaßa Freid.

Sei Zeignis ka a seacha lau,
fascht lauter Oisar duat a hau.
In Deutsch an Oisar, des isch schea,
in Englisch ka ma o oin seah.

Sowia in Mathe und Physik,
bloß Religion hot a scheints dick.
Do hot a glatt an Fünfar kriat,
dr Vatr Mang des it kapiert.

Wia goht des a, wia ka des sei?
Dr Mang, dea sprengt zom Pfarrar glei:
„Hochwürden, do ka oins it stimma,
bloß lauter Oinsar duat a bringa
dr Bua – und Sie erlaubat sich
an Fünfar – des isch fürchterlich!"

Dr Pfarrar spricht und duat eahm kund:
„Ja guater Ma, des hot sein Grund:
Ihr Bua, dea hot ja it mol gwisst,
woran denn Jesus gstorba ist."

Dr Vatr spricht: „Ja, ietz gang zua,
do ka doch it drfier dr Bua!
Mir hand koin Fernseh – Radio
und it amol a Telefo.
Dromm send mir doch it informiert,
dass mit deam Jesus was passiert.

Dass dea verstorba, duat mer leid,
doch weiß o i des earscht seit heit.
Mir hand ja it amola gwisst,
dass dea verkrankat gwesa ist!“

’s Oktoberfescht

Im Septembr wars mea so weit,
wia jeds Johr – Oktoberfeschtzeit! –
Betriebsausflug nach Menka nei,
sieba Leit – und i bin drbei.
Ma nemmt da Zug, des isch komot,
a Gruppakata, dass sichs lohnt.

D’ Sonna lacht, d’ Marianne verzellt:
„Fünfazwanzg Grad seiat heit gmeldt!“
Koin Kittl, barfuaß in da Schuah,
dr Alfons isch o luftig gnua.

D’ Conny im Blüsla, im beschta,
bloß Walter in dr wulla Weschta.
Und i natürlich – des isch schlau –,
i dua da dickschta Kittl hau.

Aufbieglat hau an no in dr Früah,
do fällt mer zmol was ei, und wia!
Mei Biegeleisa, oh du Graus,
hau i ‘s no eigsteckt oder aus?

Mit meiner Ruah, do wars vorbei
und nochat no dia Läschtrarei!
Ob i nix riach, ma kenns scha schmecka,
es brennsalat scha zom Verrecka.
Ruaf d’ Fuierwehr a, des wär doch ’s Bescht,
bis d’ heimkommsch, isch dei Haus scho glescht!

I ka bloß no ans Brenna denka,
do send mer o scha denna z' Menka.
In d' Wies'n naus, ins easchta Zelt,
do wärat no glei Weißwiescht bschtellt.

Drzua sechs Moß, dia send it schwear,
dia Krüag, dia send ja halba leer.
Mehr Schaum wia Bier, des muass it sei,
i pack dia Kellnerin no glei!

Der hau i no o d' Meinung gset,
do fangt sa 's Winka a wia bled.
Do druf erscheint a mortsdromm Ma,
der hot a schwaza Juppa a.
Er set, er sei Security –
„Na, gute Frau, was wünschen Sie?"

„A Sekjuriti", so moint Walter,
„isch des it a Platzaufhalter?"
„Noi, noi", so weiß dr Ludwig glei:
„Des miesst a Leitnausschmeißar sei!"

No hau i ganz verleaga glachat
und gset: „I hau a Späßla gmachat."
Dia sechzehnt Moß, dia isch ietz leer,
em Alfons fällt scho 's Schwätza schwer.

Drom wär a Kaffee ietz it schlecht,
wenn ma no länger klar sei mecht.
Im Kaffeezelt, an eisram Tisch,
do hockt a Weibla, nemm ganz frisch.

D' Marianne hot glei intressiert
des alta Weibla inspiziert:
Woher, wohin und was sa duat,
wo isch dr Ma, gohts deam no guat?

Des alta Weibla set: „Ja mei,
dr Ma scha länger gschtorba sei."
D' Marianne moint: „Ja isch des woahr?
Ja so ebbas, des kommt denn vor!"

D’ Preise, dia send gar it witzig,
a Cappuccino koscht zehnsiebzig!
Und weils drnoch zom Bisla kommt,
do zahlsch no o zwei Mark no prompt,
koscht eigentlich dea Kaffeespaß
genauso viel wia glei a Maß.

Drom send mer no ins Ochsazelt,
do wärat glei acht Moß mea bschtellt.
Es riacht do henn a weng verbrennt,
hand sa vielleicht dean Ochs agsengt?

Doch d’ Conny, dia moint nochat glei:
„Es konnt o ’s Biegeleisa sei!“
Des Zelt wird langsam grammlat voll,
in Strömen fließt der Alkohol.
Am Tisch hock mer wia d’ Hering denn,
scha vierzeh Leit – bua, ietz wiads eng.

Von henda druckt und schiabt a Preiß,
dea meichtalat und stinkt noch Schweiß.
Und drei Japaner lispeln: „Plost,
dass deine Gulgl nicht vellost.“

I halts do henna ietz nemm aus,
dromm gand mer all a bissla naus.
Dia frisch Luft duss – mei liabr Ma –,
mei Hiera, des fährt Achtarbah.

Mensch Achtarbah – des wär no was –,
des macht doch gwiess an Heidaspaß.
Normal, do fiecht i mi wia d' Sau,
doch Alkohol macht stark die Frau!

Und Walter, dea hockt neaba na,
damit a mi beschütza ka.
Reißt Sprie – von wegen männlich hart –,
sei „Pipifax" doch so a Fahrt.

Mir fahrat a, 's isch nix drbei,
dia Achtarbah duat gmiatla sei.
Doch 's Tempo steigrat sich enorm,
mei Liabr, do verschiabts dr d' Form.

Dia Bah schiaßt na, i bin am Schreia,
mei, mir wirds koiz, verheb kaum 's Speia.
Mir schlottrat d' Knie, i kriag koi Luft,
und neaba mir dea komisch Duft.
Dr Walter hot scheints a Problem,
es riacht a bissla unangenehm.

Alla Heiliga ruaf i a,
Gott sei Dank, ietz stoht dia Bah!
Ganz schnell do raus und mi hosch gseah,
hau hinda dean mi übergea.
Dia andra hand a Kittrarei
und hand no ihran Spaß drbei.

Dr Magnus, dea lot zmol an Schrei:
„'s isch scha kuz vor zehna glei.
Wenn mer da Zug verwischa wend,
no brauch mer ietz a Taxi gschwend!“
Mir hand a Glück und send ganz schnell
im Bahnhof auf Gleis dreißg zur Schtell.
Dr Alfons fählt und Ludwig o,
dia seiat zescht no nei aufs Klo.
Dr Walter suachts und schreit ganz laut:
„Da Ludwig hots auf Goscha ghaut!“

Mit em Alfons isch as so a Gfrett,
er hot des Biesla nemm verhebt.
Er ka ja einglich nix drfier,
versperrt war d' Bahnhofshäusladier.

Zwei Mark muasch in da Schlitz neischiaba,
sonsch isch dia Dier it aufzomkriaga.
Doch Alfons siecht dopplat Schlitz und Dier
und alles schwankat hintrafier.

Er hots am falscha Schlitz probiert,
dia Dier natürlich it aufkriat.
Es war no oifach nemm zom Heba,
ma sott dean Kerla druckalega.

Da Zug hamer grad no verwischt,
dr Alfons im Hosasack romfischt.
No ziacht a an Schamitzl raus,
er gäb no „brannte Mandla“ aus.
Sie send halt ietz a bissla feicht,
doch beißa land sa sich drom leicht.

So ka's gauh

Im letschta Johr – i glob im Mai –,
do dapp i mea mol sauber nei.
I weiß o it, wiaso, warom,
bei mir, do lofts doch leichtsam domm.

An deam Tag war i schlecht beinand,
a Grippa war grad umanand.
Hau an Katarrh und d' Näs verrotzt
und in dr Früh scha zweimol kotzt.
D' Oga brennat, roata Ränder,
hoffentlich wiad des it mender!

Am Vormittag – ganz unbedingt –
muass i auf Oberdorf no gschwind.
's Auto hot dr Ma im Büro,
drom nemm i em Bua sein Reno.

Em Bua seim Auto a Verhau,
do konnt dr 's Fahra glei vergauh!
Schuah und Stiefl, Juppa, Hosa,
leera Bierfläscha und Dosa,
Mc Donald's-Abfall, Werkzuigkischta,
Körperspray und Fuaßball-Lischta.

Auf Oberdorf fahr i ietz nom,
muass pflitzga, Herrschaft isch des domm.
Mi verrottlats, dreh am Lenkar,
und des Auto duat an Schlenzar.

Verspritzt isch ietz mei Windschutzscheiba,
dia muass i glei mea druckareiba.
Mit em Ärml butz i oba rom,
's Auto wacklat no mea nom.

I muass rotzla, lang noch rechts und suach
im Handschuahfach a Taschaduach.
A kloina Schlenzar bleibt it aus,
doch nochat fahr i mea gradaus.

Do hau i zmol von hindahea
an BMW glei komma seah.
Dea hot a Blauliacht – heidanei,
no ka i leasa: STOP-POLIZEI!

Ietz kommat dia scha mea drhea,
mei „Freund und Helfer" ganz in grea!
I heb a – mach 's Fenster auf –
und luaga zua dem Herra nauf.
Dea schaut mi a mit ernschtem Blick,
mir kommts so vor: Dea hot mi dick!
Er luagat auf da hintra Sitz
und siecht vom Bua, deam Malefiz,
sei Alkohol-Leergutdeponie
und no mei Gsicht, so matschig hi.

No frogat a, was i häb drunka,
des hot mer aber no scha gschtunka.
„Kamillatee, an ganza Hafa!",
sag i no zua deam greana Affa.
„Ich spreche hier von Alkohol,
Sie sehen aus, als wär'n Sie voll!"

„Ja klar, voll Grippebazillen!“,
sag i und denk im Stillen:
Hoffentlich machat sa an Sprong
und juckat stockvoll zu diar nom.
Pflitzga no zur Sicherheit,
heb d’ Hand it na, no spritzts o gscheit.

Sei Kollege kommt no – Gott sei Dank –,
er set: „Siecht aus, wia wirklich krank.
Doch ghur ma do halt in sei Bett,
no hättat mir it so a Gfrett!

Wenn oir beim Pflitzga Hoka schleat,
beim Schneitza schiar in Zau neifeht,
no ghert a hoi, denn no wiads Zeit,
bevor a d’ Windschutzscheiba no verschpeit!“

D' Kuchamaschi

I hau an Haushalt mit viel Leit,
drom hau mer denkt, es wär doch gscheit,
dass i 's a weng komoter hätt,
– a Kuchamaschi – des wär doch nett.

Es wär doch gwiess it ganz verkehrt,
so a Maschi isch 's Geld scha wert.
Drom hock i mi ins Auto nei
und fahr no Richtung Kempta glei.

Am Freudaberg im „Media-Markt",
do hau i undadinn glei parkt.
Dr „Media-Markt" hot Auswahl gnua,
er isch halt o, des kommt drzua,
natürlich günschtiger im Preis
wia dr Elektriker bei eis.

Auf an Verkäufer muasch lang wata,
und dea hot mi no schnell berata.
Dia schea „Braun-Multipractic-Plus",
dia sei dr reinschte Hochgenuss!
Des Schneide-, Raspel-, Reibsystem,
des sei frei scha recht angenehm.

Sie sei modern und voll em Trend,
bediena kenn dia scha jeds Kend.
Und preislich o no optimal,
bloß hundertneinaneizg in bar.

Natürlich glei am nächsta Tag,
do gibts bei mir Rohkostsalat.
Dia „Braun-Multipractic-Plus“
hau i glei aus der Schachtl hus.

Doch was isch do no alls drbei:
lauter Zusatzteile, groaß und klei.
Ja, wia soll des alls zematghera –
wea ka mir des ietz bloß erklära?
Dia Gebrauchsanweisung „Pfüadi-Gott,
dass dia glei zwanzig Seita hot:

Den Arbeitsbehälter nehme man
und man verschraube ihn sodann
auf der Antriebsachse hier
mit dem Motorblock Nummer vier.

Arbeitsbehälter – Motorblock,
i denk, mi hauts glei aus da Sock.
A so a Glomp – ja mi hosch ghaut –,
wia ghert dea Schmarra zematbaut?

I dreh und werkla umanand,
mol rechts und no mea linkr Hand.
So blöd ka i doch gar it sei,
wia goht dea hura Hafa nei?

Und nochat no dia Raspelscheiba,
i will mir ja an Krautskopf reiba;
die gewünschte Scheibe eben
auf den untren Träger legen,

dass beide Nasen von dem selben
zu dem Öffnungspunkt zeigen, dem gelben.
Zu beachten bei der Scheibe,
dass die Schnittfläche nach oben zeige!

Wo isch do a Träger und a Näs?
Was schreibat dia denn für an Käs!
I druck dia Scheiba oifach na –
ietz bricht des Scheißglump o no a!

Des geits doch it, isch dia Maschi
am End no nui und scha mea hie!

Isch des wirklich so kompliziert?
I weiß, i hau zwar it studiert,
trotzdeam bin i sonscht recht helle,
lös sprachlich dia schwerschta Fälle.

I überleg no hin und hea,
do kommt Nochbaurs Peppi drhea.
Mei, dia scha mea – dia damasch Kuah –,
do hau i doch scha glei mea gnua!
Sie gaffat scha dur d' Fenschtrscheiba,
mei Liabr, desch a ganz a Gscheida!

Sui set glei: „Hosch a nuis Gerät?
Ach, do bisch aber ganz schea spät!
Dia gleich Maschi hau i scha lang,
weisch du, was ma do alls macha kann?"

Ja, domma Nochbaura verkneata
oder dur d' Reiba lau – dia Gscherta. –
Des hau mer denkt, doch sag i nett:
„Freila, es stoht doch alls do det.
Dia Gebrauchsanweisung – einwandfrei –,
es konnt ja wohl nix leichtr sei."

Vor dear, do dät i 's nia eigschtau,
dass i ja gar koi Ahnung hau.
Es isch bloß guat, dass ihrs pressiert,
no hau i weitr romstudiert.

I denk, i schalt ietz oifach ei,
wo ka ietz do dea Schaltar sei?
Do, endlich find an – und dapp drauf,
mei Liabr – dia dreht gherig auf.

Ietz oba nei des frischa Kraut,
do hots mi glei schier ruckwärts ghaut.
Des „Multipractic-Plus-Gerät,
i glob, dass des ietz narrat wead.

Des Kraut zerhackts, doch oh du Graus,
des ganza Ghäcksl, des hauts raus.
In meiner Kucha, do schneits Kraut,
„um Gotteswilla!“, schrei i laut.

Wia bring i dia Maschi zom Stauh?
I glob, dea Schaltar duat nemm gauh!
Des Gsod, des hauts mer um da Grind,
i ziach da Steckar raus ganz gschwind.

I denk, i holl ietz do sofort
“Elektro-Heringer“ vom Ort.
I ruaf an a – schildra da Fall –,
do set dea glatt: „Du hosch an Knall!
Zerscht kofsch des Glump beir Konkurrenz
und i sotts flicka – Weib, du spinnsch!“ –

Wia ka ma so empfindlich sei?
Er wär halt deirar, sag i glei.
Es stellt sich nochat leidr raus:
’s macht bloß zwei Mark siebzig aus.

Und wia i nau no bettla will,
do isch im Hörar dinn zmol still.
Dea traut sich was – ja mi hosch ghaut –,
des hot sich frei no nia oir traut!

I pack dia Sach mea selber a,
was brauch i an Elektroma?
Der Schneide-, Raspel-, Reibescheibe,
der ruck i mit Gewalt zu Leibe.
Dia druck i nei in Einfüllschacht,
mir isch o gleich, wenns unda kracht.

No dean Behälter obadrauf
und nochat dreh i stockvoll auf.
Gurka, Äpfel und an Salat,
des druck ietz i von oba grad
do mit deam Stopfar oifach na,
dea windig Stopfar, dea bricht a.

Es rattrat, schepprat und 's hot gstunka,
und unda raus do sprühat Funka.
D' Salat hauts mir um d' Ohra,
ietz isch mer doch zweierlei wora.

Dr Kuchakaschta, dea vibriert,
ob dia Maschi ietz explodiert?
D' Dier goht auf, mei Ma kommt rei,
dea luagat ganz schea komisch drei!

Bevor a ebbas saga ka,
do hauts eahm scha des Gmiaszuig na.
D' Gurkascheiba voll em Gsicht,
's Hira von da Äpfel dicht.

Und plötzlich alles still im Haus,
i denk, da Schutzschaltar hots naus.
I schnaufa glei, mei Ma, dea schreit:
“Sag Weib bisch du denn nemm ganz gscheit!“

No rutscht a aus no auf em Kraut,
es hot an voll aufs Fiedla ghaut.
Vom Grind, do schittlat a des Gmias
und kommt no schier gar nemm auf d’ Fiaß.

I merk, dass a ietz narrat wiad
und glei an rechta Zora kriat.
Drum dua i bled und ganz verdattrat:
„Ja Schatzi“, sag i, „bisch vergrattlat?“

Er kommt no langsam mea auf d’ Fiaß
und goschat übers hura Gmias.
Er set zu mir: „Mei guata Frau,
was hau i mir mit dir adau!
Du stellscht di ja mea saudomm a,
ma merkt halt glei – du bisch koi Ma! –

Des nuia Practic-Plus-Gerät,
des stoht ja detta ganz verkehrt!
Dia Maschi stoht auf dr Seita,
drom hauts alls naus auf voller Breita!“

Er dreht se um – ’s hot funktioniert –,
und i war nochat dia Blamiert!

Im Parkhaus

’s isch ietz scha a paar Jährla hea
und damals wars grad it so schea.
D’ Kend, dia warat o no kloi,
mit deana fahr i do alloi
zom Eifkofa auf Kempta nei,
vier oder fünf warat drbei.

’s Jüngsta no im Karra denn,
mei Liabr, des war scha a Gschpreng.
Was dia Kend’ alls kofa wend,
noch vier Stund war i am End.
Do send mer mea am Auto det,
des hau i in am Parkhaus ghet.

Diverse Schamitzl, Karra, Kend,
alls ins Auto nei ganz gschwend.
Dr Benny und d’ Eva hand gstritta,
dia Kloi duat grad da Saft ausschitta;
d’ Theresa stolprat und fliagt na
und fangt no glei zom reahra a.

’s Parkhaus zahla no am Apparat,
ietz hau i mea koi Kleigeld grad.
Mea zruck ins Auto, a Suacharei,
a Kleigeld miesst doch no wo sei.
Auf dr Ablag im Handschuahfach,
mei, machat dia Kend an Krach!

P
5€ einwerfen
PARKHAUS

Endlich zahlt – i will ietz hoi –,
blära duat scha mea dia Kloi.
An d' Parkhausschranka fahr i na,
fang nebaszua no 's Suacha a.
Wo isch dr Zapfa für mei Kend,
„dir Groaßa, helfat suacha gschwend!"
Endlich – er flackat untram Sitz –,
ietz blära nem, du Malefiz.

Und warum bleibt dia Schranka zua,
ietz isch bald rom mit meiner Ruah.
Dia Schranka goht normal doch auf,
i druck ietz auf dean Notknopf nauf.

Aus deana Löcher in der Säula,
do hear i nochat noch am Weila
a Mannsbild froga, was denn sei,
bua, i war zwider und sags glei:
„Frog it so domm und luaga hea,
dia Schranka goht it auf, dia schea!"

Ob i zahlt häb, will a wissa,
ja, moint denn dea, i häb do bschissa!
„Freila hau i zahlt 6 Mark,
du Bürschla, red frei bloß koin Quark!"

Und ob i no z'lang rom dua hau,
no däb dia Schranka o nem gauh.
Ma miass zahla und glei fahra,
ansonschten eaba nochazahla.
Ja, moint denn dea, i där rom,
ietz wiads mer nochat aber z'domm!

I gosch dia Säula furchtbar a,
bua, wenn a rauskäm do, dea Ma.
Ob i mi do beherrscha kennt –
und hindadenn, do streitat Kend.

Dea Ma, dea fangt mea 's Schwätza a,
do siech i an dr Ablag dra:
Mein Parkschei – mei, i kas it globa –,
i hau dean ja no it neigschoba!

Ja, bin doch i a blöda Kuah,
dea Säulama redt immerzua.
Dia Schranka goht it auf, desch klar,
weil i a bissla damasch war.

Da Parkschei schiab i in da Schlitz,
und nochat fahr i wia dr Blitz
beim Parkhaus naus und nix wia fut,
bevor dea aus der Säula kut.
Vielleicht schwätzt a do heit no raus?
I bin so schnell nem in des Haus!

D’ Wett

Von Hintermoos, dr Zieglar Franz,
a ältra Baur – grad nem viel Schlanz –,
dr Hellascht o it unbedingt,
a bissla gschpässig scha als Kind.

Beim Bärawiat am Stammtisch det,
do hockat a, hot no nix gredt.
Denn alla andra schwätzat gscheit,
em Franz do nix zom saga bleibt.

Auf oimol – ganz unerwartet –,
dr Zieglar Franz zom Agriff startet.
Er hebt da Grind und set ganz schlau:
„I dät mit uib a Wett eigauh.

Wea macht bei meiner Wett ietz mit,
denn was i ka, dir globats it!
Mit hundert Mark send dir drbei,
i beiß mer sell ins Oga nei!“

Dr ganze Stammtisch brüllt vor Lacha:
„Mei Franz, wia willsch denn des wohl macha!“
Und jeder wettat – des isch klar –,
so schnell verdient ma was in bar.

Dr Zieglar Franz, dea grinst verschmitzt,
sei rechtes Oga, wia des blitzt.
Er greift drnoch und holts schnell raus,
a Glasoga – ietz beißt a drauf. –

Dia Stammtischbriadr send verstummt
und mancher bloß no zwider brummt:
Dia hundert Mark, dia send verspielt,
bloß weil dr Zieglar glasig schielt.

Dr Franz, dea legt sich voll ins Zuig:
„Wett nomal hundert Mark mit uib,
i beiß mer o ins andra Oga,
des kennat dr bei Gott scha globa!“

Des globat ietz dia andra nem,
dea hot doch it zwei Oga denn;
und beid aus Glas – des ka it sei –,
sonscht wär dr Franz a Blindr frei!

A jeder wettat, des isch gwiess,
do greift dr Franz noch seinem Biess.
Er nemmt dia Zäh in seina Händ
und beißt drmit ins Oga gschwend.

Verwandtschaftstreffa

Im letschta Johr – es war im Mai –,
do war bei eisrar Poscht drbei
a Eiladung – ja do luag hea –,
a Verwandtschaftstreffa solls gea!
Denn dia Verwandtschaft, dia isch breit
und im ganza Land verteilt.

Was nemmsch do a – hau i mir denkt –,
i weiß, dass nix im Kaschta henkt.
Do muass i no auf Kempta nei
und für da Ma sotts o was sei.

Doch set dea glei: „Du spinnsch it schlecht,
dass i mir do was kofa mecht;
do kommt d' Verwandtschaft mit da Kend
und it dr Bundespräsident!
Oder moinsch, weags ar alta Bäs,
do kof i extra a nuis Häs?

Ja Herrschaft, ‘s kommat aber Leit,
dia dond doch allat fichtig gscheit.
Ma mecht ja o mithalta kenna
und sich a weng zur Geltung brenga!

Mei nuis Kostüm, des war no schea,
– schea eng – in am moderna Grea.
Und nuia Schuah aus schwarzem Lack,
i hoff, dass i it glei det flack.

ARMANI

Dia Absätz, dia send zemla steil,
aber Hauptsach, d' Schuah send geil.
Em Ma sei Hemat passt drzua,
es hot frei koschtat mehr wia gnua.
Doch weiß a des natürlich it,
des hau em nämlich hoila mit.

Beim Futgauh set a: „Richt mer was hea!"
Natürlich hot a 's gar it gseah,
dass des Hemat nui und unbekannt,
dea kennt doch kaum sei eigas Gwand.

Beim Burgar-Wiat, do kommt ma zamm,
do triffsch dia ganz Verwandtschaft dann.
Natürlich war mer zeitig dra,
dass ma da Platz no wähla ka.

I dua mi glei zentral platziera,
no kas mer nämlich it passiera,
dass mir do ebbs dur d' Lappa ging,
i hau frei scha Verwandtschaftssinn!

Tante Marie kommt o recht friah,
dia isch doch neigierig und wia!

Berta, des isch a Kusina,
mei Gott, macht doch dia a Miena.
Ja, hot doch dia a zwiders Gschau,
obwohl, a bißla ka i 's scha verstauh.

Ihr Ma, dea isch it bsonders rar,
obwohl a scha mol anderscht war.

Er däb ietz saufa, hau i ghert,
und sei halt nochat o recht gschert.
Doch gschiehts ihr recht, sui wollt eahn hau,
mi hot a damals hocka lau!

Do kommt zmol d' Afra auf mi zua,
dia goht mer grad no a – dia Kuah. –
„Ja, griaß di Afra“, dua i schea,
„i hau da ja scha lang nem gseah.

Du siechsch no aus, wia vor zwanzg Johr,
und no so schena blonda Hoar!“
Dia send doch gfärbt – i merks genau –,
dia isch doch gwiess scha katzagrau!

Und nochat frogt sa siaß und fei,
ob i ietz scha gschieda sei.
Sell hot sa scha da dritta Ma,
no henkt sa andra o was na.

Dr Onkl Gustav duat recht gscheit,
am nettaschta isch no sei Weib.
Sei Bua, dea stellt da Grend o recht,
er moint, er sei a toller Hecht!

„Mei Bua, der isch zur Zeit in Wien,
und do studiert a Medizin“,
duat Gustav ganz gscheit romverzella,
no duat a an Champagner bstella.
Drei Gläser schitt a sich glei nei –
und des soll vielleicht vornehm sei!

A kalts Büfett, des geits zom Essa.
„Ja so an Zuig kasch doch it fressa!“,
so schreit dr Onkl Sepp ganz laut,
Sui hot eahm glei ins Schieboi ghaut.
A Schnitzl hätt a liabr wella,
duat scha da fünfta Mohra bstella.

No schreit a dr Bedienung hea,
häb im Salat an Wura gseah.
„Des send doch Krabba“, schreit sei Frau,
„mit dir blamiert ma sich wia d’ Sau!“
Dia zwei hand no da gröschta Streit,
des hot doch d’ Afra no glei gfreit.

Tanta Babett hockt zu mir –
in dr Hand scha ’s vierta Bier.
„Hosch doch du a stinkigs Perfüm!
Und isch des nui, des greana Kostüm?“

I glob, dia isch scha nem ganz klar,
no reahrat sa no dur da Saal:
„Bedienung, bring an Willi mir
und drzua a Halba Bier!“

„Du, des Kostüm, wo hosch des hea?
I glob, des hots beim K & L doch gea.“
So scheiheilig schwätzt sa drhea
und set: „Hosch mei Kostüm scha gseah?

Des ist a ‚Betty-Barclay-Modell’,
des passt frei it an jedes Gschtell.

Beim Jungingar hau i des koft –
weisch z' Kaufbeura bin i oft.
500 Mark legsch do scha na,
doch so was hot it jeda a!“

No streckt sa d' Hand aus noch dr Tassa,
do siech i zmol – i kas kaum fassa –:
Unter dr Achsl henkt no det
dr Preiszettl – ja des isch nett –,
39 Mark, von C & A,
wia ma na so falsch sei ka!

Dr Onkl Sepp, dea suacht an Streit,
dr Gustav, dea isch o so weit,
sauft dia dritt Champagnerfläscha
und isch allat bloß am Läschtra.
Dr Sepp, dea sei ihm z' hagabuacha,
dea kenn bloß saufa und recht fluacha.
Er zellt sich zua da bessra Leit,
no hot a übern Disch nagschpeit.

D' Afra frogt noch meina Kend,
was sa denn alls wora send.
I bin ganz ehrlich und verzell,
do set doch glatt zua mir dia Sell:
„Ja hot von dir denn kois studiert?
Mei Fehl, dia hot scha promoviert.
An Doktrtitl muascht scha hau,
sonscht kasch ja glei zom Bettla gauh."
Und o ihr Bua sei bald so weit,
ma gher ja zua da bessra Leit.

Ietz kommt grad oir beir Wiatschaft rei,
i überleg, wea ka des sei?
Koi Hoar am Grind, ganz rarasiert
und kommt zur Afra heaspaziert.

Im ganza Gsicht so Piersing denn,
in dr Näs an Näsaring;
d' Ohrawatschl nauf und na
henkat Ring und Kugla ra.

Und tätowiert – ja do luag a –,
wia ma bloß so wiascht sei ka!
D'Afra wiad käsweiß im Gsicht,
i hau glei gmoit, dia fichtat sich.

Dea Kerla knallt sich auf an Stuhl
set zur Afra: „Alta, bleib ganz cool!
Ruck schnell a paar Kröten raus,
dann zisch i ab und aus em Haus!“

Soll des dea sei, dea Doktr wiad,
was hot no dea gau alls studiert?
Und Afra's Ma, dea Leahrar isch,
dea schreit glei übra ganza Tisch:
„Hau i it gset, lass di it sächa!“
Mit roatem Grind schiaßt er i d' Hächa.
Dr Bua schreit: „Vatr, halt dein Rand,
sonscht bätsch da glei do hend an d' Wand!“

Und Berta's Ma, haubizablau,
dea ka vor Rausch scha fascht nem stauh,
springt auf und schreit: „Dea Sauverei,
wenn ghorat wiad, bin i drbei!“
Dr Sepp, dea stirmlat d' Ärmel nauf,
dr Gustav macht sei Juppa auf.
„Wea will do Schläg, dea soll sa rühra,
dea ka no meine Fäuste spüra!“
So schreit a rom, kreist mit da Händ
und haut drbei sich sell an Grend.
Es haut eahn zruck – er streift da Sepp –
und alla zweia flackat det!

Und Berta's Ma springt weidla hea,
er hot drbei da Stuahl it gseah.
Im hocha Boga oba nomm
und reißt no Afra's Ma mit om.

Mei Ma, dea set: „I denk, mir gand,
mit so am Ziefer send mir verwandt!“
„Was heißt do mir? Du dätsch mer gfalla,
dia send von deiner Seita alla!“
Des sag i no scha klar und gnau,
denn i bin ja a rechta Frau.

Do schreit dr Mei: „Was soll dea Käs,
ietz denk doch bloß an d' Vero-Bäs
von deiner Seita und da Fritz!“
Mei Ma, dea redt sich glei in d' Hitz.

No stirmlat a o d' Ärml nauf
und set:„I hau ietz o no drauf.
Wenn dia scha horat, hor i mit,
sonscht packscht dia morts Verwandtschaft it!“

Beim Ogadoktr

Was mir passiert isch, earscht amol,
mei Liabr, do stellts dr frei d' Hoar.
Zom Ogaarzt wars mea mol Zeit,
i siech auf d' Weita nem so gscheit.

Mei Termin, dea war um viera,
und 's duat wia allat mea pressiera.
I hoff, i find dia Praxis glei,
gang 's earschta Mol zua deana nei.

Am Schild det stoht, im vierta Schtock
isch dr Ogaarzt Dr. Mock
und o dr Zahnarzt Dr. Rode,
drneaba no a Urologe.

Am Aufzug deta bleib i stauh,
doch merk i bald, dea duat it gauh.
Vier Stockwerk loffa – mi hosch ghaut –,
i schnaufa nauf und goscha laut.

Total erledigt komm i nauf
und flacka voll auf d' Klingl drauf.
A junga Fehl lot mi no nei
und frogat, wia dr Nama sei.

I sag mein Nama und erklär,
dass i 's earscht Mol hinna wär.
No set dia doch recht frech und keck,
ohna Termin häb des koin Zweck.

Bua, dear hau i no was verzellt,
vonwegen, i sei ita bschtellt!
Sie häb mi herbschtellt heit auf viera,
obs nemma stimmt in ihram Hira?
Des sei ja wohl a Schlamparei –
sie wiad no freindlich und lenkt ei.

Sie geit mer nochat so a Kata
zom Ausfülla – no muass i wata.
Was dia alls wissa wend, luag a,
dia Froga auf der Kata dra:

Haben Sie ganz unangenehm
ein zahnmedizinisches Problem?
Leiden gar häufig oder nie
unter Kiefergelenkschmerzen Sie?
Wollen Sie sich Informationen
über Zahnersatz einholen?

Luaga grad dean Ogadoktr a,
isch doch des a neigieriga Ma.
Mei, was dea alls wissa mecht,
des isch mer frei ietz gar it recht.
Dea duat do zletscht no froga lau,
ob i heit scha Stuahlgang ghet hau!

Dia ewig langa Wartarei,
des ärgrat mi ietz aber frei.
Drum hau i mi o bald beschwert,
weil so was, des isch frei scha gschert!

I gang do an dia Rezeption
und sag: „A Stund lang wart i schon!
Wenn sich do ita bald was rührt,
no geits von mir frei oina gschmiert!“

I komm no dra, isch des a Freid,
ma muass bloß reda mit da Leit.
Dia Helferin, dia goht mit mir
no in a Zimmer nei beir Dier.
I soll Platz nemma, set sa dann
und verschwindt mea auf em Gang.

Dea groaße Sessl mitadenn,
wenn i it gwiess wisst, wo i bin,
no konnt i glatt beim Zahnarzt sei,
do kommt dr Ogadoktr rei.

Er set: „So nehmen Sie doch Platz“,
no henkt a mir do so an Latz
um da Hals ieber mei Kleid,
set: „Öffnen Sie den Mund bitte weit!“

Mei Liabr, nochat hots mi gschtellt
und i bin vom Sessl gschnellt.
Dean Ogadoktr, dean hots grissa
und glei iebra Stuahl nagschmissa!

I schrei eahn a – er hot an Schock –:
„Send Sie denn it dr Dr. Mock?“
Er kreisat no am Boda det,
kommt langsam hoch, no hot a gset:
„Dr. Rode ist mein Name
und bin Zahnarzt, holde Dame!“

Bua, i bin aus der Praxis gsprunga,
hau a Weibsbild no mitgnomma.
Und vonaduss, do siech i ’s glei:
I bin beir falscha Praxis nei!
Ja, i brauch wirklich, des isch gwiess,
a nuia Brilla und koi Biess.

Doch dia Blamage – so denk i glei –,
dia kennt ja no viel greaßer sei.
Es geit doch no do neaba det
da Urologe Dr. Nett.

Wär i zua deam nei ahnungslos,
wär i zletscht gflackat ohna Hos
scha auf seir Pritscha, bis i ’s hätt gwisst,
dass i da falscha Doktr verdwischt!

A gmiatlicha Obat

Dia ganz lang Wucha a Gespreng,
i hau's doch meischtens fichtig streng.
Am Obat o oft unterwegs,
wenn it, no frei i mi doch schtets
auf an Obat, gmiatla und nett,
im Sessl vor am Fernseh det.

Am Samstag, do kommt „Wetten, dass ...?“,
des gfällt mer, ja des macht mer Spaß.
I plan mer scha da Obat ei,
so richtig gmiatla muass a sei!

Dr Ma isch fut, dia Kloi im Bett,
dia Groaßa hand ver Disco gredt.
No luag i mir da Gottschalk a,
und neamat, der mi störa ka!

Do kommts mer grad, a Gläsla Wei,
es miesst no oir im Kellar sei.
Beir Kellardier komm i it nei,
dia isch verklemmt, so merk i glei.
Vielleicht, wenn i an Anlauf nemm,
so richtig voll in Dier neispreng.

Bua, dia Idee, dia war perfekt,
i flack da langa Weag ausgstreckt
im Vorratskellar überm Kraut
und hau mer recht da Grind aghaut.

Da Ellaboga no verrenkt,
do nemmsch a Eis – so hau mer denkt.

Doch 's Gfrierschrankdierla, des klemmt o,
i weiß, des isch scha länger so.
A Druck ver Seita mit am Knia,
am Griff mit rechts noch oba ziah,
mit linker Hand no viraschiaba,
no isch des ganz guat aufzomkriaga.

Jedoch it mit defekter Hand
und ebbas damischem Verstand.
Drum vergrattl i ietz no 's Knia,
mei Liabr, des duat weah und wia!

I humpla mea in d' Stuba nauf
und bring dean hura Wei it auf;
dr Stopslziachar isch verreckt,
dr Kork no halba dinna steckt.

Do leitat o no 's Telefon,
es isch ver Marie dean dr Sohn.
Dea will mei Fehl, dia isch im Bad
und schreit bloß raus: „Verheb mern grad!"

Drweil hots an dr Haustür klinglat,
mit nassa Schuah – es hot grad grengat –,
do springat zwei so Kerla rei,
ob mei Bua scha fetig sei?

In Disco däb ma heit no wella,
so duat dr Größer glei verzella!
Und Sie, Frau Hofbauer, wia schea,
Sie dond heit „Wetten, dass..?" aseah!

Ja, des wär nett, so hau mer denkt,
mei, hot mer dea a Gschwätz aufghenkt!
Dann endlich war mei Bua so weit,
dia Kerla gand, hot mi des gfreit.
Dr gmiatla Obat goht ietz a,
i hocka glei zom Fernseh na.

Do schreit mei Fehl: „Du, Mama komm,
fiahr eis doch schnell auf Aitrang nom.
Do spielt doch heit im Bierzelt duss
‚Big trouble' – des isch a Genuss.
Und d' Petra, dia will o no mit,
doch an Schofför, des hamer it!"

Ja, des isch ietz mea superklug,
i bin doch scha im Schlofazug.
Mi ärgrats zwar, doch fahr i zua,
i weiß, dia Fehl gibt doch koi Ruah.
I schliaf o nemma extra ei,
’s duat duss ja scha leicht dunkel sei.

Vom Reaga alls nass um des Zelt,
no stoht des mitta denn im Feld.
Und vor deam Zelt alls voller Dreck,
kaum heb i a, send d’ Fehla weck.

Zom Umdreha, do fahr i zruck,
doch ’s Auto, des duat gar koin Ruck.
I merks, i dua im Dreck dennstecka,
und reanga duat des zom Verrecka.
Gib Vollgas, doch i komm it weck,
i rutsch bloß weitr nei in Dreck!

Und nochat kommts mer in da Sinn,
dass i im Schlofanzug ja bin!
A Rosa-Frottee-Pflotterfrack,
er ghur scha längscht in Lumpasack.
I dät scha no an scheanra hau,
aus feinem Satan, dunkelblau;
doch isch dr alt halt so bequem,
so gmiatla und so angenehm.

Zom Fernsehluaga däts dean gera,
ietz hock i do und kennt glei blära.
A Häs hätt i anemma solla,
no konnt i oin zom Schiaba holla!

Ietz muass i mi do sell rausbrenga,
miesst amend d' Fuaßmatta nemma.

Dia Matta schiab i unters Rad,
do hör i doch von hinda grad,
wia oiner set: „Do luaga hea,
ja, hosch denn so ebbas scha gseah!
I glob, i hau z' viel Schnaps akriat,
dia Alt do henda isch maschkiert!

I will ganz schnell ins Auto flüchta
und do drbei mi z'schnell aufrichta.
Drumm bin i gstolprat, flack im Dreck,
i glob, i stirb ietz glei vor Schreck!

Dr Schlofazug und meina Händ,
dr Dreck, dea tropft mer selbst vom Grind.
Ins Auto nei – a Stoßgebet –,
wenn ietz des Auto no it feht!

Doch mei Gebet hot Gott erhört,
i wär was opfra, hau mer gschwört.
I fahr drvo so schnell i ka,
mei Matta, dia flackt heit no dra.

Ietz fahr i Oberthenga zua
und langsam komm i mea zur Ruah.
Do duat mei Auto zmol an Ruck,
feht grad bloß vira no a Stuck;
und no bleibts stauh, und alls isch leis,
mir tropft vom Hira Dreck und Schweiß.

Dr Tank isch leer, mi duats glei stella,
mei Ma hot heit doch tanka wella.
Wär er frei do gwea in der Nacht,
i hätt mi sell zur Witwe gmacht!

Was dua i ietz, gohts mir durs Hira,
na, so was ka bloß mir passiera.
Im Schlofazug, vor Dreck verbacha,
soll i mi auf da Hoimweg macha.

Zwei Kilometr sends no gera,
mei Liabr, des ka heitr wära.
I spring ietz los, so schnell i ka,
und fang o bald zom keicha a.

Und nochat – wia kennts anderscht sei –
siech i an Scheiwefar no glei.
Des Auto, des kommt auf mi zua,
Johanna, ietz bleib in dr Ruah!

In Graba spreng i zom Verstecka,
mei Liabr, do konntsch doch verrecka.
Dean Stachldroht – wo kommt dea hea –,
i hau dean hura Droht it gseah!

D' Schlofhosa, dia hots verrissa,
vom Fidla bis an d' Knia verschlissa.
Zom Flüchta hot ietz d' Zeit nemm greicht,
des Auto hot mi scha erreicht.

Und wia kennt des scha anderscht sei,
bei meinem Glück: 's war d' Polizei!

I bins scha gwehnt, dia greana Kerla,
dia wärat ietz mea wissa wella,
wieso, warum, des wiad mea guat,
doch hear i, wia oir saga duat:

„Du, ruaf mol a im BKH,
vielleicht goht deana oina a!“
I sag: „Von do komm i it raus,
i hau dahoi a Irrahaus!“

Und wia i no verzella will,
set oiner glatt:„Ja, sei no still,
di hau i doch scha öfters troffa,
und leichtla no a bissla bsoffa;
bei dir, do wundrat mi nix mea,
du bisch dia Hofbauer, dia Schea!“

I dät so gera

I dät so gera wia a Kind
– so sorglos und so frei –
in Tag neileaba mit em Wind
und oifach glücklich sei.

I dät so gera – wär des schea –
im Winter, wenn es schneit,
mit dir rumkugala im Schnea,
ganz gleich, was sagat d' Leit.

I dät so gera – ohna Grund,
und luaga it aufs Geld –
eikofa, o amol an Schund,
halt oifach, was mer gfällt.

I dät so gera – laut und viel,
egal, wer mi o hört –
nausschreia, was i denk und fühl,
ganz gleich, wean des o stört.

I dät so gera – wärs nia dua –,
ka it aus meiner Haut,
doch wenn i konnt, wia wär i froh,
hätt i mi doch mol traut!

€500
€100
Wie ärgere ich erfolgreich meinen Mann

Vergangana Zeit

Zum Andenken an meine Schwester Thea

I denk an di und ’s duat mea weah,
vermiss di allat no.
Obwohl, es isch scha so lang hea,
dass du bisch nemma do.

Dia Zeit mit dir, dia war viel z’ kuz
und doch so schea und lang.
Was hamer glachat weags am Fuz,
eis war nia angscht und bang.

Als Kend so sorgenlos und frei
mit eisra Puppa gspielt
und spätr no dia Kittrarei,
wenn mir eis frisch verliebt.

Erwachsa war mer, hand eis ghet,
Probleme hots o gea.
Doch mitanandr glacht und gredt
und des war halt so schea!

Dia Stroaß auf der Welt war für di
halt gar it bsonders lang.
Doch willsch du gwiess viel Freid für mi,
wenn i dia mei no gang.

Besinnlicher Advent

A Johr isch scha mea fascht vorbei,
i denk mer no, ja ka des sei?
Isch wirklich scha mea dr Advent?
Dia Zeit vergoht mer oifach z' gschwend!

Des Weihnächta scha im Dezember,
i denk, des wird doch all Johr mender;
im Mai wär Weihnächta früh gnua,
do hätt ma o a Zeit drzua.
Doch so isch des a Hudlarei,
no soviel sott erledigt sei.

I sott ganz dringend, unbedingt
auf Beira nei, weags Gschenk für d' Kend.
Doch sott i halt – und des isch schlecht –
erscht wissa, was i kofa mächt.

No sott i bacha, des isch klar,
denn Laibla will mei Budlwar.
Es sottat o mehr Sorta sei,
sosch hosch bloß mea a Läschtrarei.

Und putza sott i allat o,
am wichtigsta wär 's Gästeklo.
Obadob, do konnt ma schlampa,
do seachat sa 's it, dia Verwandta.
Denn dass dia kommat – 's ghert drzua –,
an Weihnächta hosch doch koi Ruah!

Zom Essa geits a Weihnachtsgans,
dia hot aufzocha Nochbaurs Franz.
Bei so am Brota geits koi Klaga,
doch sott mar no da Grind raschlaga.

No sott ma no an Christbaum hau,
es dätat oi im Staatsholz schtauh.
Ma sott'n steahla vors no schneit,
weils do no koina Spura geit.

Karta sott i o no schreiba,
bin bei Gott it zom beneida.
Dia Schreibarei, dia hau i dick,
drzua, do hau i gar koi Gschick.
„Wie geht es euch? Uns geht es gut,
weil uns auch gar nichts fehlen tut!"

Zumindascht goht des koin was a,
dass zwider isch scha mea dr Ma;
dass 's Geld it reicht und Kend it folgat
und d' Schwiegermuattr me mol koldrat!

Und des mit derer Schenkarei!
Auf Beira sott i nomml nei.
Brauch Gschenkr jeds Johr meahr wia gnua,
no ebbas für mein Patabua.

Für Ma und Kend und Tanta Räs
und ebbas no für d' Vero-Bäs,
Geschenkpapier, diverse Bänder,
Lametta und an Christbaumständer.

IN DULCI JUBILO
CHANEL
JOOP
ARMANI
HAVANNA
LAGERFELD
COMPUTER
VERSACE

Des Weihnächta, i ka uib saga,
des flackt mer oifach schwer im Maga.
Natürlich sott i no drzua
mei ganz normala Arbat dua.

Und nochat sott i – und des gera –
so richtig schea besinnlich wära;
sott in mi gauh und mi besinna,
de Weihnachtssinn mir näher bringa.

Doch frog i mi, wo isch dr Sinn,
wenn i doch bloß am Springa bin?
Mei, des mit der Besinnlichkeit –
i bsinn mi scha all Weihnachtszeit.

I sinna rum und sinna nom:
Wenn isch dea Weihnachtsstress bloß rom?
Wenn hau i endlich mea a Ruah?
Doch nochat gohts scha Ostra zua!